はじめに

本書の題名を『花鳥風月　木曽谷に生きて　フォト句歌集』としましたが、その内容の全てが木曽谷の春夏秋冬、花鳥風月を題材にしたものばかりではありません。

私の生活拠点は、「木曽」と言いましても、木曽路の最北端に位置しており木曽のほんの僅かな入り口でしかないのです。

この山間部の谷々に覆われている地形の河岸段丘にあるルートを、近世史においては「中山道」と名称付けられ、江戸は日本橋から京都の三条大橋までの「中山道六十九次」という宿駅中、別名「木曽街道」と名称を打った地理的場所であります。

私の在所はその中、第三十三次の贄川（宿）であります。かつて東海道五十三次の海岸線のルートと二分した山間ルートとして大名行列が行き交い、多くの商人や職人の商工業者の道として栄え、文人墨客もが往来して来ました。

それは、生活物資、情報の伝播と文化の通り道ともなり、人々の歴史と文化を形成して来たところであります。

現代は、電車やバスもありますが個人的移動手段として便利な自動車があるため、塩尻市街や松本、安曇野、長野、諏訪、伊那方面などの四方に生活圏が広がっているわけで、本書に当たりましても、人の動線は木曽の奥山や谷々の生活風景ばかりではありません。

むしろ、多方面に及ぶ行動や見聞が、より多くの感受性を刺激し「ふっと」短歌や俳句、自由律が生み出されて来るのであります。

最初の頃は、感じたことを思うままに「五七調」に合わせて読みましたが、多くの駄作の中に一つでも秀作が出来ればとの思いで、百、二百と数を重ねこの時点で、短歌と俳句を合わせて六百以上詠んでおりますが、この数字は少ないのは確かであります。もっと言えば、数千の句歌ともなれば、それなりの歌がやっと詠めるのではないかとも思います。

しかし、私は歌人ではないので秀作狙いでもなく、数千の句歌をも読み込もうとするものでもありません。

そこで、歌にイメージできそうな春夏秋冬、花鳥風月の写真を撮り、歌との組合せをしてみました。それは、歌が先で写真を撮るようになりましたが、写真が歌の出来を補い、歌は写真によるイメージが伝えられるヒントになると思っております。

しかし、その反面、写真が歌の広がりや解釈を狭めてしまう場合も考えられ、読まれた方に詰まらなさが生じないかとも考えました。

写真は一刹那を捉えた場面とも言えます。従いまして、歌の意味する流動性や言葉の範疇などは読まれる方の創造性に期待するしかありません。またその創造性こそが、写真の場面を一刹那ではなく、永遠性をも表現するに至ると思っております。

私の場合その写真を撮るカメラもデジタルとはいえ、不本意な能力のものですので、あまり良い写真が撮れているとは言えません。カメラの画素数が低いため解像度も低く、画像の拡大能力もまた、良いものではないのです。

しかし、或る意味どのような芸術的作品も、「受け手により最終的作品の完成となる」ということも、また事実でありましょう。

以下に於ける、作品中の一歌でも皆様の琴線に触れられますものがあれば至高の喜びであります。

坂本覺雅　記

追記　写真には縦横の2種類を使用するに当たり、横の写真のものを前半にまとめてみました。写真の構図上、本を横開きにしてご覧ください。

Please read it first
To foreigners

Good afternoon everybody. Below I will briefly explain this book.
This is a song collection of Japanese expression.
I was born in the mountain area of the Kiso district, Nagano prefecture.
While living in Yamasato in Kiso, I wrote about the change in seasons of spring, summer, autumn and winter, and the feelings towards Flower, bird, wind, moon.
I use 31 characters of "5 · 7 · 5 · 7 · 7" or 17 characters of "5 · 7 · 5" as the Japanese expression method.
It is a short poem that expresses the feelings received from heaven and earth using a number of words and rhythm.
Songs with 31 letters are called "Tanka". Also, singing by 17 letters is called "haiku (past haikai)".
These are said to be "Yamatouta" and are categorized as "Waka".
Yamatouta is a song that has been made since the time when Japan was "from the country of Yamato" to when Japan was "the country of Hinomoto".
The Japanese worshiped Japanese gods and later Buddha with awe and respect.
It shows the personality of heaven and earth. We regardes the whole phenomenon as a god, we praise the "gods" and make poetry.
This is what is termed today as "Tanka", "Haiku" etc. which is a unique expression of feelings in Japan.
As you can see, the culture of "singing" in Japan is difficult to put in the words of other countries.
As you already might know the expression "Wabi (calmness)" and "Sabi (sadness)" is unique to Japan and is Japanese aesthetic sense.
These are "Japanese emotions, or Japanese aesthetic sense" which can not be translated in words of a different language.
Therefore, the content written in English in this book is an explanation of "songs" and is not translated from the original "5 · 7 tone words".
However, I believe that the meaning of songs can be received. Please feel the heart of the Japanese poetry with the picture.
Last but not least, I would like to express my gratitude to the new acquaintance, Miss Sayantani Datta for his help in English. And I will send ale with hope to the young star coming from the country of Buddha.
Author is Kakuga Sakamoto.

はじめに読んで下さい
外国の皆さんへ

皆さんこんにちわ。以下に、この本の説明を簡単にさせて戴きます。

ここ木曽の山里は日本の中央山間地にあり、この地域は「日本遺産」に登録されています。

そして、とても古い歴史を持っている処でもあります。近世では「東海道」と「中山道」は京都と江戸（今の東京）を結ぶ2大街道ですが、ここ「中山道」は木曽の山間地に縦断しております。

今回、この歌集は日本的表現法を使った文章の歌集です。

この木曽の山里に生活をしながら、「春夏秋冬」の季節の移ろいと、「花鳥風月」への想いを詠ったものです。

日本語的表現法として「５・７・５・７・７」の31個の文字や、「５・７・５」の17個の文字を使っています。

天地自然から受けた心情を、言葉の数とリズムを使い、表現した短い詩であります。

31文字による歌を「短歌」と言います。また、17文字による歌を「俳句（過去には俳諧)」と言います。

これらは「大和歌（やまとうた)」と言われ「和歌」という範疇に捉えられております。

その昔、今の日本が「ヤマトの国」から、「ヒノモトの国」となるそれ以前から作られている歌であります。

日本人は、日本の神々と後の仏陀を畏布と敬意を持って崇めて来ました。

その姿は、天地自然の性格を現わしています。 全体の現象を神として捉え、「神々」を賛美し、詩にしています。

これが日本独特の心情表現であります「短歌」「俳句」などとして今日に伝えられて来ているものです。

この様に、日本の「歌」の文化は、他国の言葉に置き難いものであります。

御存知かと思われますが、日本的心情には「侘び（もの静かさ)」「寂び（もの悲しげ)」と言った表現内容は日本固有のもので日本的美意識です。

これらもやはり言葉に言い表せない「日本的情緒即ち日本的美意識」としての心なのであります。

ですから、本書に英語で記載されました内容は、「歌」の説明文であり本来の「五・七調の言葉」には訳されておりません。

けれども歌の意味は受け取って頂けるものと信じております。どうぞ写真と共に日本人の心を感じて下さい。

なお、最後になりましたが英文に関しましては、新知でありますシャイニー・ダッタ氏による手解きを受けましたことをここに記し厚く御礼申し上げますと共に、ブッダの国から来られました若き星に今後を期待しエールを送ります。

著者は坂本覺雅です。

花鳥風月　木曽谷に生きて　フォト句歌集

今も知る木曽街道の
蕎麦切りと
朴葉巻きと桜茶の味

時流乃葉

中山道第四十二次妻籠宿／妻籠宿より馬籠峠を望む。

The famous thing of Kisokaidou (the way to connect the cities) which continues even now is the taste of soba and Houbamaki (Houbamaki is Kiso’s mochi) and tea leaf with salted cherry blossoms (tea with salted cherry leaves).

山積みの秋の実りを山に込め
須《す》佐《さ》之《の》神《み》子《こ》霊《だま》里に祭らん

時流乃葉

贄川区桃岡／中山道沿い津島社。近くに押込一里塚跡（塩尻市指定史跡）がある。

Food of autumn can be collected in the mountain, and in the village it is worshiped “Susanowo (God of Japan)”.

すんき漬け蕎麦味噌汁に
入れたる具
塩使わずの健康の食

時流乃葉

すんき漬け（漬物）／木曽の伝統的発酵食品。赤カブを湯通しして種（前年の乳酸菌発酵の菜）を入れて無塩で漬ける。1983年選択無形民俗文化財指定。

Pickles not using salt called “Sunnki pickles” are healthy food items to eat in soba (Japanese noodles), misoshiru (Japanese soup) etc.

踏まれても蜂を誘いて甘き蜜

時流乃葉

セイヨウタンポポ／キク科。自宅周辺

When flowers that are to be stepped on will invite bees with honey.

愛犬のつぶらな瞳不始末の
怒れる心何時にか消えん
時流乃葉

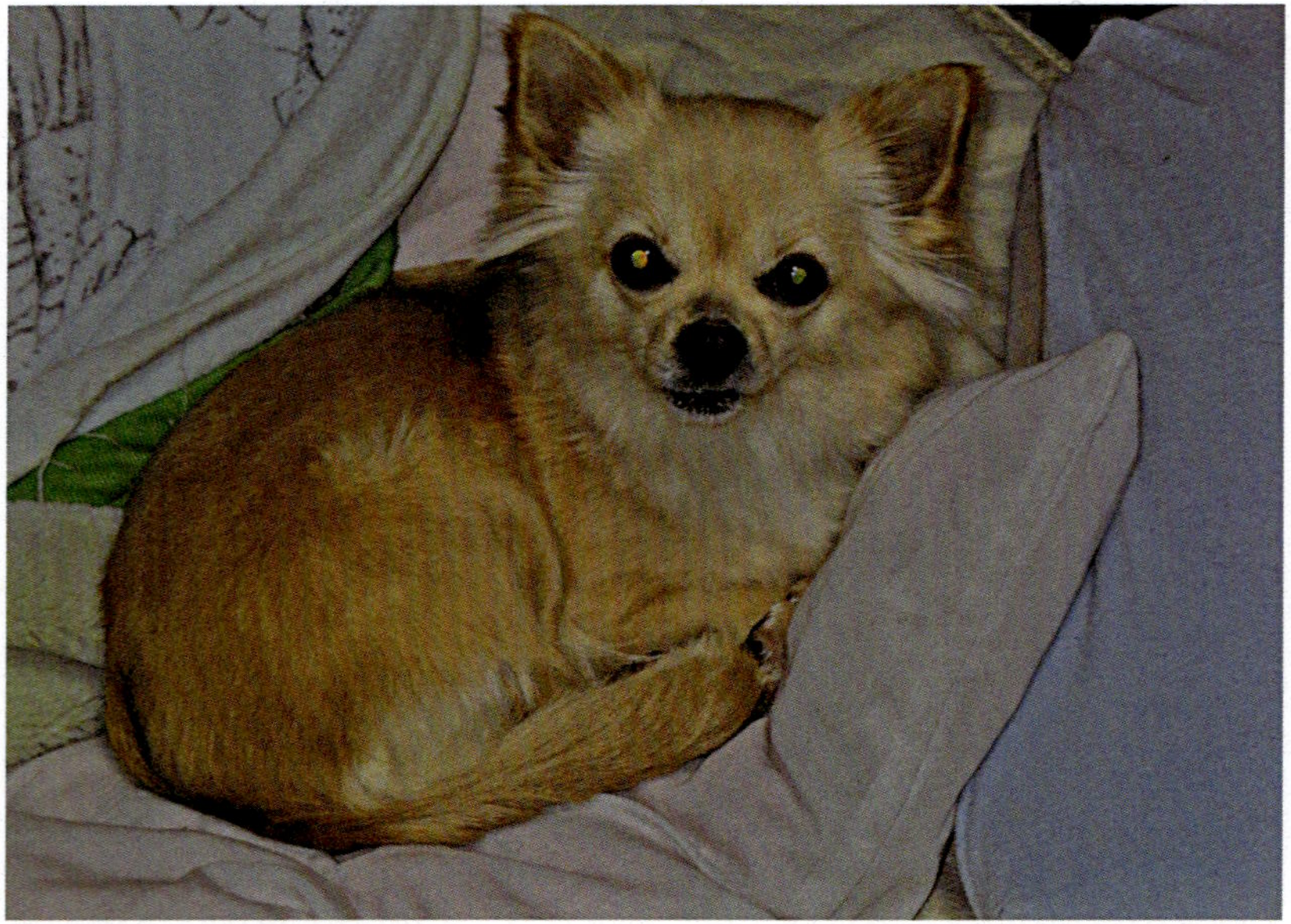

名前メロン／室内超小型犬。ロングコートチワワ。種メキシコ原産

Even though if my dog does pees anywhere, my anger disappears when I see his cute eyes.

百千鳥里に舞い降り華となる

時流乃葉

冬の野鳥／ヒヨドリ。暦の上では春であるが、まだ寒さが続く。

A lot of wild birds came down to the village, it seems are like flowers blooming.

どっこいしょっと
土どけて生く芋の芽よ
時流乃葉

じゃが芋の発芽／歳時記では春を表わすが、木曽谷の畑では、初夏の頃に発芽する。

“Dokkoisho” (A cheer for putting strength) buds of potato trying to live with the soil.

雨降りて鳥さえずりし
川の音に朝霧昇る水墨の谷

時流乃葉

木祖村(奥木曽湖)／味噌川ロックフィルダム。水力発電力4,800 kW。諏訪湖に匹敵する水量

Even if it rains, birds sing along, and morning fog rises from the river. It seems to be a valley of ink.

梅雨空の自然湖ほとり
我立ちて
もの悲しけり木曽の奥山

時流乃葉

木曽郡王滝村滝越／王滝自然湖〔1984年長野県西部地震（M6.8）で出来た自然湖〕

Under the sky during the rainy season, I stand alone in the natural lake (the name of the lake). So the thought of the mountain in Kiso (place name) is a sad feeling.

伽羅蕗の香りたつ山鎌で刈る

時流乃葉

伽羅蕗（キャラブキ）の春芽／佃煮風に煮付けた香りと苦みは最高の御飯と酒の友

The mountain is filled with the scent of butterbur and I will it reap with a sickle.

馬籠宿花梨の生る木母偲ぶ
作れし茶菓子糖漬けの味

時流乃葉

中山道第四十三次馬籠宿／花梨（かりん）。バラ科。原産中国東部。砂糖漬け、果実酒。咳、去痰

I found a tree with the fruit of Karinn (Chinese quince) in Magomejyuku (Name of the town). I remembered my mother cooked candy with Karinn.

木曽山の秋の味覚を
籠に入り
喜び勇み家に辿らん

時流乃葉

食／コムソウ。ボウズとも言う。可愛らしい三姉妹。

Fall autumn mushrooms made in Kiso mountain, I am glad to go in the basket and head home.

空仰ぐ柿の実一つ熟し落ち

時流乃葉

武田柿／カキノキ科。橙色の柿の実は食用。柿の葉茶。黒柿材は銘木。放置柿は猿や熊を寄せる。

When looking up at the deep autumn sky persimmon fruit has matured and fellen down.

「夏空や命を絡む蔦かずら」
古道を隠す岐祖の桟
(芭蕉俳諧)
時流乃葉

上松町旧19号線下／木曽の桟（かけはし）跡。この石組の上に丸木橋をかける。今は石積みとの間はさらに石積みで塞いだ状態。奈良時代にはさるなし、葛の蔓などによるかずら橋であった

“Summer sky and vine that deposit life” (Basho of Haikai). To hide the old road kisono kakehasi (Current road).

木曽山の葉のなき木々の
揺れし枝
根足に見ゆる狭間雪かな

時流乃葉

木曽山に見る雪氷の枝木

In the winter of the Kiso mountain, the branches of a leafless tree sway in the wind, and when it snows, it falls to the root of the tree.

白波の風に泳ぎし蕎麦の花

時流乃葉

木曽町開田／蕎麦畑。木曽のそばきりは日本でも一番古い記録が残る地でもある。

I swam in the wind of white waves, buckwheat flowers.

木曽路にて黄昏前の
土砂降りや
七つに懸かる天の桟

時流乃葉

冬の木曽駒ヶ岳 ／ 木曽八景として「駒ヶ岳の夕照」があります。

At Kiso Road it began to rain heavily before dusk and later it was like a bridge as a rainbow of seven colors was hanging.

お囃子の春の里曳き神憩い

時流乃葉

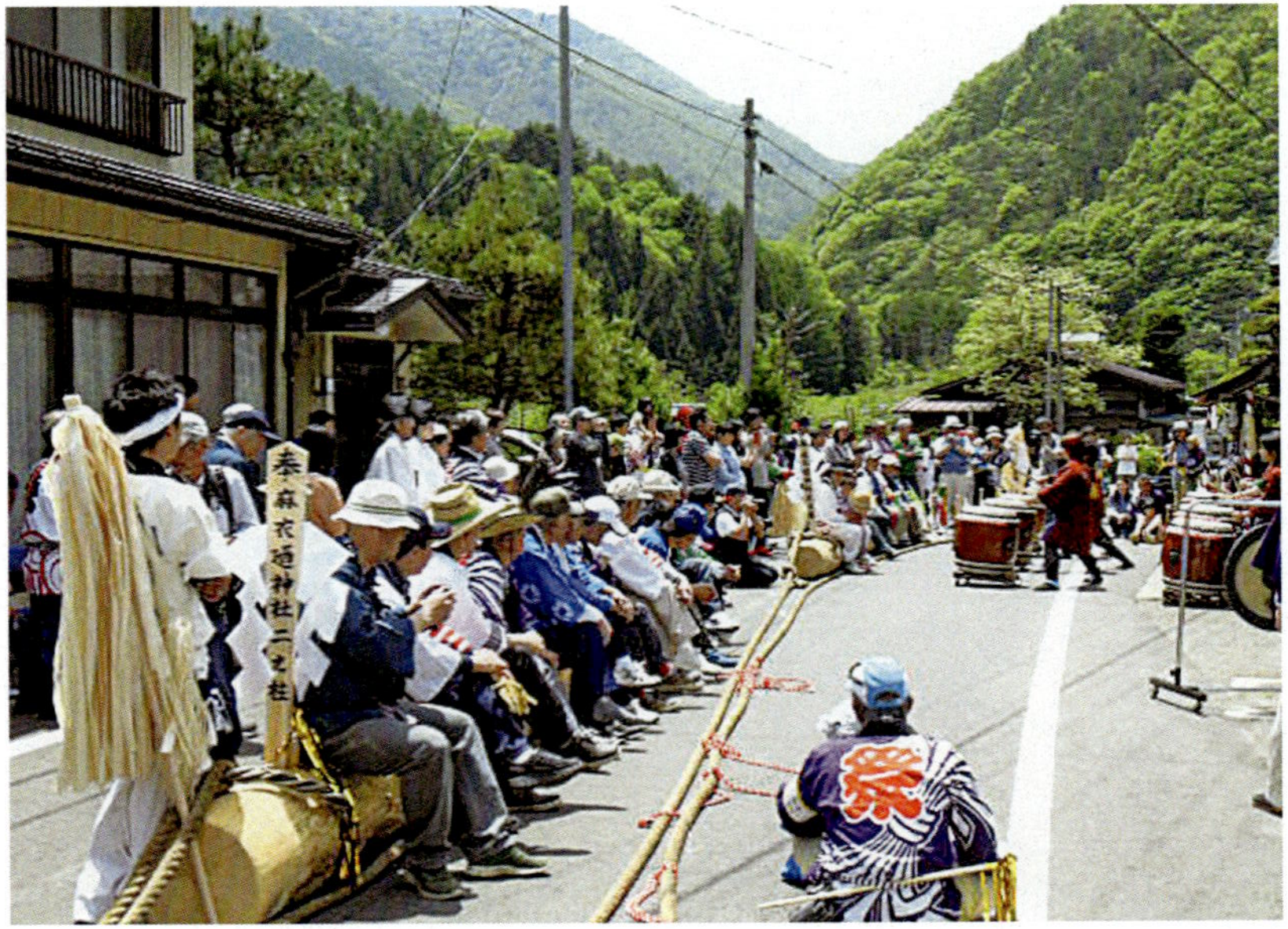

贄川麻衣廼神社御柱祭里曳き／桃岡　平成28(丙申)年５月14日

Listen to the music (it is Ohayashi) of the Spring Festival and pull a tree dedicated to God and take rest for a while.

赤き華　剥かれ吊られし柿すだれ

時流乃葉

自家裏庭の武田柿／正月用干し柿　晩秋過ぎの花のない時期の干し柿はとても美しい色の華。

Dried persimmon looks like a Nawa-Norenn (Japanese sales sign). Because persimmons are hung to peel and dry.

天空の白雲漂《ただよ》う秋《あき》御嶽《みたけ》

時流乃葉

木曽の御嶽山／二の池の霞か雲か。ここの水を御神水という。

Drifting white clouds in the sky, Ontake Mountain in autumn.

松茸や松の葉雫千年の

時流乃葉

松茸／キシメジ科。食用の最高級品。赤松林と針葉樹の混合林の地上にシロのコロニーを持つ。

A mushroom called the Matsutake is born from a drop of pine needle in a thousand years.

風雪や人を磨きて
春を待つ

時流乃葉

桃岡の東山／雪花白銀の景

Winter wind and snow will polish people. In this way people wait for spring.

須原宿子規も泊まりて
句歌を詠み
寂しき木曽の名物食す

時流乃葉

中山道第三十九宿須原宿／子規の歌碑と水舟

In Suhara (Name of the town) Mr. Shiki (The ancestor of modern songs) stayed Writing poetry and Eating lonely Kiso’s specialties.

薫風や吹かれて花の
色濃くて

時流乃葉

木瓜（ボケ）の花／バラ科ボケ属。花の色は淡紅、緋紅、白と紅の斑など。小枝は刺。実は果実酒、ボケ蜜、ジャムに利用できる。

The color of the flowers will become deeper as the wind blows.

親の手の爪先《つまさき》つぶし子を育て
働く夏の黒き両腕

時流乃葉

奈良井宿八幡神社／平成４年７月竣工。父の石積みの跡を偲ぶ。

My father raises his children while crushing his nail tip. Both arms of my father are black in the summer light.

木曽路へと
朝霧なびく馬籠空

時流乃葉

木曽街道第四十三次馬籠宿／竹林の朝霧。2005年越県合併し岐阜県中津川市となる。

From the Magome (name of town) sky to the Kisoji (road name) morning mist flows.

硬き殻冬に蕾の時期を耐え

時流乃葉

庭先の凍る石楠花（シャクナゲ）／ツツジ科。花は白、赤系、黄の色。葉は痙攣毒（吐き気、下痢、呼吸困難）。

The winter bud is that is enduring the cold in the state of hard shell.

童子らの笑顔で担ぐ桃源の幣《みてくら》の神酒
頭垂れ千代に八千代に栄行く思い神に祈りつ

時流乃葉

塩尻市桔梗ヶ原／桃の花

The children are carrying a barrel that decorated the God's name with a smile at the utopia. I lowered my head and I prayed to God that this utopia should go on forever.

幻想のキャンドル灯す
奈良井宿
人々誘う真心の灯を

時流乃葉

中山道第三十四次奈良井宿／灯明祭り（2016年２月）

Naraijyuku-town light a fantastic candle and greet people with true heart.

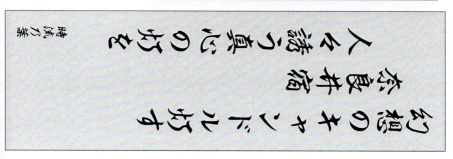

南天や方杖の竹そっと突き

時流乃葉

木曽街道（＝中山道）妻籠宿／秋深まり南天の実赤くなりて（白色もあり）。

Nanten (nanten is a Nandina domestica of name) is supporting the bamboo so that it dose not collapse.

春日の出
山に向いて待ちわびぬ
時流乃葉

兎の名 ライラ／ライオンラビットの種類。喜ぶと鼻を鳴らして音を出す（兎の鳴き声）

I wait for the spring sunrise and head to the mountains.

水面にぞ花を浮かべし亡き母に
今宵語らん浮世の世辞を

時流乃葉

解けて打ち上げられた諏訪湖の氷／2017年２月

I put flowers in the lake for my deceased mother. And tonight we will talk about today's events.

雪降りて白銀の里音を消し

時流乃葉

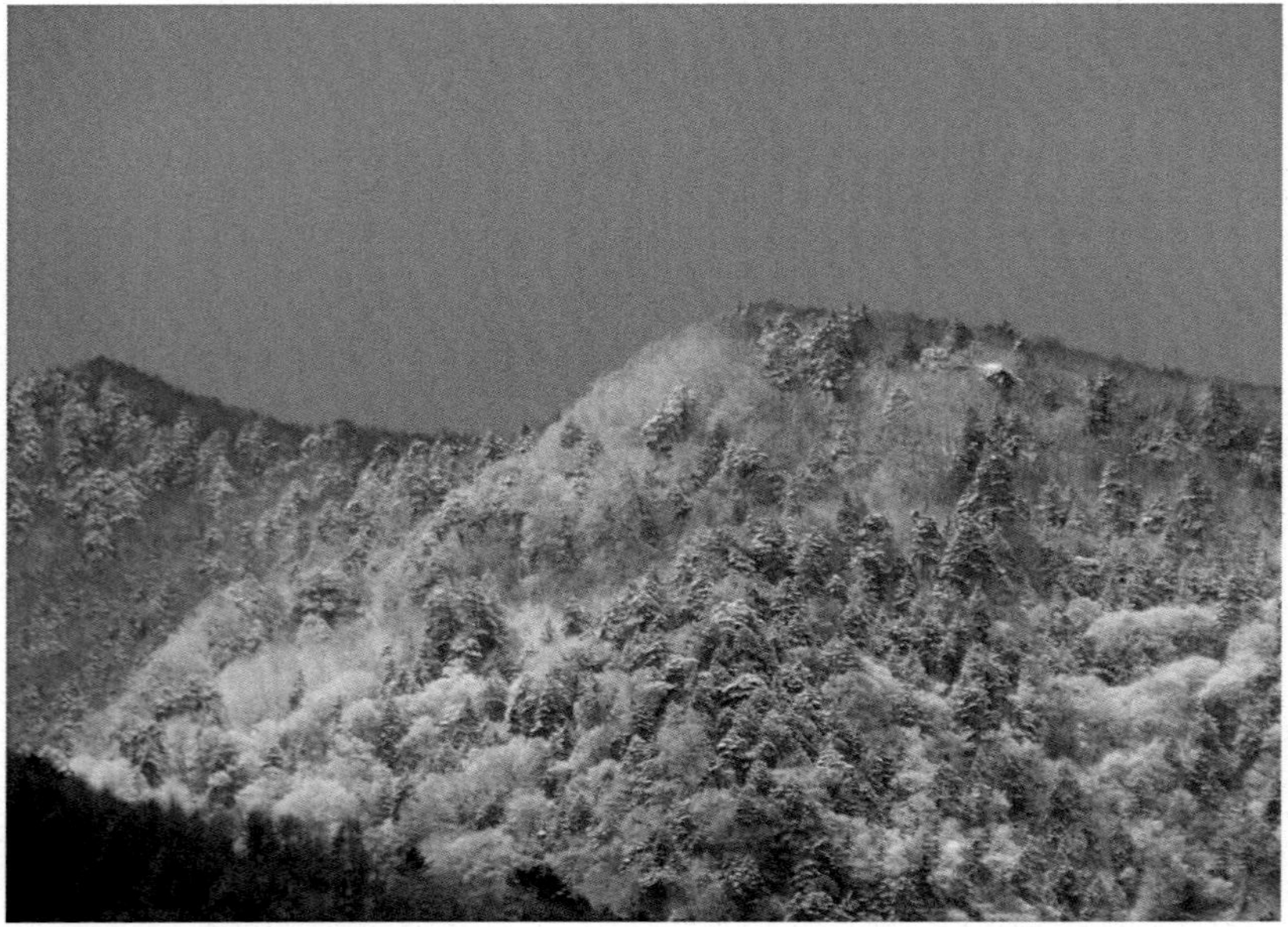

木曽山の雪景／朝陽を受けてまばゆく光る銀色。

Snowing. The silver White shining village turn off the sound.

病床で蕗の薹出た耳にして
天婦羅ふき味噌
苦きを偲ぶ

時流乃葉

ふきのとう／フキ科。肝毒性があり灰汁抜きが必要。天婦羅、蕗味噌は春の香味となっている。

I heard that a fuki came out at a hospital bed, I remembered the bitter taste of Tempura of fuki and Fuki-miso (Source of salmon and miso).

陽光を浴びて花咲く福寿草

時流乃葉

暖かき光の下に花開く庭先の福寿草。冬から春へ。

In the sun’s light of the Fukujyuso-flowers blooms.

奥山の暮れ行く秋の
クリタケや

時流乃葉

食／クリタケ。晩秋のきのこ。天婦羅、炒め物、混ぜご飯など。
口当たりはボソボソする。

“Kuritake (name of mushrooms)” can be found in the mountain depths of late autumn.

川べりの高貴な色香《いろか》藤の花

時流乃葉

木曽贄川／桃岡権現岩。マメ科フジ属。山・川・海辺に広く自生する右巻きの落葉性つる植物。古来より藤棚として観賞用。藤瘤は胃の制癌剤として用いる。

It blooms along the river. Noble color and scented wisteria flower.

盆過ぐる
ざわめき立ちぬ木々の枝

時流乃葉

木曽郡木祖村藪原宿／2004年村天然記念物。鳥居峠を下り類のない栃ノ木の群生地。

After the Obon (To ancestor's Memorial service to do), the wind gets stronger and the branches of the trees start to shake with a sound.

紅葉山きのこを求め杖つきて
この世あの世の夢うつつかな

時流乃葉

木曽山中の晩秋／生命宇宙・自然の美しさ。これを最後に葉が落ちる。

I climbed the mountain of autumnal leaves with a cane and went to pick up mushrooms. It is a beautiful dreamy thing that neither this world nor the other world knows.

名月や夜に耳立つ虫語り

時流乃葉

中秋の名月／2016年９月15日桃岡東山

At midnight the Mid autumn moon, If you listen carefully and you will hear the sound of insects.

天高く木漏れ日薫る風流る

時流乃葉

贄川／西山のカラマツ林

The autumn sky is high, I feel the smell of the sun from the tree, the wind is flowing.

野沢菜の本漬け始む冬仕度
手に水の刺す
木枯らしの暮れ

時流乃葉

野沢菜本漬け／霜が降り木枯らしの吹く頃に漬ける。

I will make Nozawana pickle (pickles) as a preparation for winter. At that time, when the cold wind to winter blows, I feel that water sticks like a needle to my hands.

夏草や誰が祀りし野仏を

時流乃葉

南木曽町与川／中山道与川。道沿い馬頭観音の石仏。「与川の月」は木曽八景の一つ。

Summer grass and who will worship this wild Buddha.

山笑う木曽の谷間に日が出《いづ》る

時流乃葉

木曽谷の初夏の新緑、萌え出る緑は陽の光と共に命の息吹を感じる。この南面の谷間に中央西線と国道19号線が通り、名古屋へと続く。

Mountains laugh. The sun rises over above the valley of Kiso.

福島の関を訪ねて山村の
木曽の文学隆盛を知る

時流乃葉

木曽町／山村代官屋敷の庭園。木曽福島の関所を守り木曽文学を隆盛した。尚、福島関所は日本四大関所の１つ。昭和54年３月国の史跡指定。

When I visited the Checking station of Kiso Fukushima, I learned that in the Edo period, it was a land full of literature.

生《いき》身《み》魂《たま》我魚とりて親に出し

（生身魂／盆は精霊と生きた人にも礼を尽くす日）

時流乃葉

盆行事／マスのつかみ獲り。大人も子供も楽しみの１つとなっている。

For my parents with a living body and soul, I took a fish, and gave it.

木曽御嶽山頂（3067m）／噴火前年の登攀山頂（奥二ノ池）。2019年山開きより災害シェルターを設置して、山頂までを開放する

山噴きて登れぬ秋の木曽御嶽《みたけ》
（平成二十六年九月二十七日御嶽山水蒸気大爆発）

時流乃葉

Kiso Ontake mountain (Volcano). Since it exploded, I can not climb in this year’s autumn.

贄川地区／麻衣廼神社（諏訪神社）社領御柱沢付近より神事後の山曳き（2015年10月11日）

木《き》娘《むすめ》の伐《き》り御柱《おんばしら》里《さと》に曳《ひ》き
申年を待つ諏訪の大神

時流乃葉

They Cut the big trees for the of “onbashira festiva (A festival that builds big trees)” and pull down big trees for a village. The great god of Suwa is waiting for a Monkey’s Year.

タチアオイ／アオイ科多年草。薬草。胃腸薬、利尿剤、咳止め、ハーブ。赤、白、ピンク、紫、黄色など

トテコッコ童に遊ぶ鶏冠《とさか》かな

時流乃葉

I made flowers as cockscomb to play when I was a child. I called this flower “Totecoccou”.

パラレルワールド（並行時空）

生まれ来て皆が行く道帰る道
死へ老い行きて今盛りなり

時流乃葉

People have two ways one of life and one of death. And although I am on the way to death, I am in the midst of life.

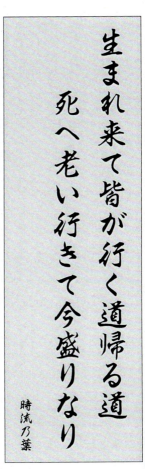

南木曽町／シダ植物。酸性土壌を好む。山菜で若菜食用。根茎は「わらび粉」・毒性有り

黙々と汗かきて折り蕨の香

時流乃葉

When I break the Warabi (wild vegetables) while sweating, it smells.

吾髪の白くなりしや浦島の
逢うも叶わず君は何処《いずこ》に

時流乃葉

木曽川寝覚の床／国の名勝。水流による花崗岩の浸食。その昔臨川寺の住職が浦島伝説の続きとして物語る。

Urashima (A person's name, a metaphor here)'s hair is already white, I will not be able to meet you anymore, but where are you right now.

中山道第三十八次上松宿／中山道沿いの越前屋と多瀬屋のそば屋

寿命そば食べし旅愁の木曽の初夏

（中山道、寝覚ノ床の寿命そば／延命そばとも）

時流乃葉

I eat long the buckwheat noodles (name of soba), and I feel a sadness of nostalgia in Kiso (place name) in early summer.

贄川桃岡集落／今も飲料可。昭和30年代まで普通に生活用水として使われていた。

野良によし旅にもよけりはらわたの
冷やこく美味し押《おし》籠《ご》めの水

時流乃葉

Cold and delicious water for farmers and travelers, is the water in Oshigome (the name of the town).

中山道第三十三次贄川宿／北口桜沢の境橋石碑

山深き木々の茂たる中山道
「是ヨリ　木曽路」南北に有り

時流乃葉

Nakasendo road where the mountain-deep trees grow
“From this, Kisoji” in the north and south.

武田柿 ／ 実は干柿と熟柿に。菓子として柿柚餅子（かきゆべし）。葉は薬茶、幹は家具材。柿渋は防腐剤、塗料、防水材

武田柿下を歩きてサラサラと
柿紅葉落つ寒き夕暮れ

時流乃葉

When I walked on the fallen autumn leaves of Takedagaki (the name of the persimmon tree) at cold dusk, I was making the sound of Sara-Sara (rustling).

桐の花山にかんざし挿すを見る

時流乃葉

贇川／キリ科。良質木材。下駄、箪笥、筝、神楽面等の材

Tung flowers are in the mountains looks like kanzashi (Head Accessories).

金木犀《きんもくせい》那智の瀑布に薫る頃
君恋しやと秋蝉の声

時流乃葉

写真はギンモクセイ ／ 中山道妻籠宿。神官矢崎家の県指定天然記念物。金木犀は銀木犀の変種。耐寒性にやや弱い。

When I smell the fragrance of the Kinnmokusei tree at the Nachi waterfall, the cicada of autumn cries singing “I am sorrowful without you”. (It sounds like that)

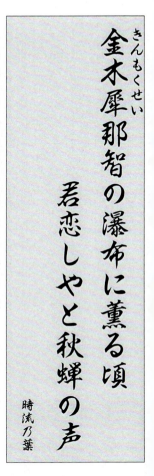

桑の実のほうばる美味さ昔の子

時流乃葉

桃岡集落の桑の実（マルベリー）／クワ科クワ属。葉は蚕の餌に用いた。桑の葉茶。高血圧・動脈硬化・糖尿病の予防。滋養強壮。ダイエット効果など

Young children were eating mulberry fruit (mulberry).

玄関のきゅうり待ちわび赤ポスト

時流乃葉

夏の日陰作り ／ きゅうりが郵便を待ち受ける。

Cucumbers made in front of the entrance wait for the Mail before the red post.

御《み》嶽《たけ》道《どう》食べる結びの美味き秋

時流乃葉

御嶽登山道／黒沢道を登るに、小昼（こひる）として休息をとりながら、お結びをほおばる。

The rice ball to eat on Onntake-san is delicious and the autumn is beautiful.

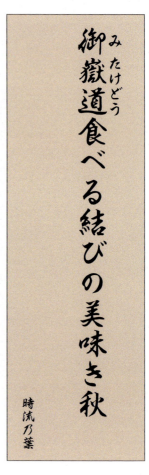

山遊び菌《きのこ》を見ては喜々と舞い

時流乃葉

クリタケ／モエギタケ科。晩秋の広葉樹林に群生。有毒成分有り

I enter the mountains looking for mushrooms, find the mushrooms and dance with joy.

日ノ本の桜といえば国の花

時流乃葉

贇川 ／ 桜沢の桜並木。村おこしで桜茶（花の房を塩漬けにしたもの）を作る。昔は旅人の疲れを癒した。

Japanese cherry blossoms are the national flowers.

中山道上松宿　／　木曽八景の１つ。小野の滝。
落差約20m

今人の木曽の八景知らぬとも
小野の瀑布に涼を知るらん

時流乃葉

Now people do not know Kiso’s view of the eight top scenic spots but I know the coolness of Ono’s waterfall.

大蒜《にんにく》や梅雨に吊られて照る坊主

時流乃葉

入梅の軒下の大蒜が照る坊主の逆さまに見える。

Garlic is hangs during the rainy season, it looks like a to Teruterubouzu (A Japanese doll that wishes a sunny day).

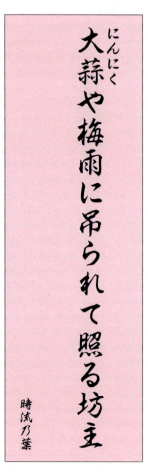

名月や菖蒲《しょうぶ》の池に顔を出し

時流乃葉

木祖村 ／ 梅雨のあやめ池（写真はアヤメ）

The shadow of the moon is reflected on the surface of the lake where the iris flowers bloom.

畦道の土の息して土筆伸び

時流乃葉

大桑村／万場の棚田、その土手に顔を出す
シダ植物トクサ科トクサ属。ガクを取って茹で
春の山菜として食されるが多量は良くない。

Breathe out of the ground of the road between rice fields and the Tsukushi flower (Japanese name Tsukushi) is growing.

諏訪の湖畔／岡谷市より望む。盆の花火は打上数（４万発余り）、規模ともに全国屈指の催しとなっている。

葦島の水面の波が寄せ清む
建御名方《たけみなかた》の鎮まりし州羽《すわ》
時流乃葉

The waves in the lake water of Reed Island (it name of the island) clean up. It is where Takeminakata (God's name in Lake Suwa) lives.

馬籠宿／県境の碑。2005（平成17）年長野県山口村は岐阜県中津川市となる。

木曽路たる南の護り露馬籠
越境をして美濃国ならん

時流乃葉

Magome (the name of the town) of that protects the south of Kiso Road Crossing the border and becoming a new Mino country (now Gifu prefecture).

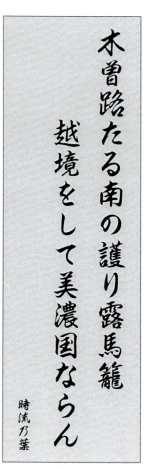

そよ風に共に流るゝ赤とんぼ

時流乃葉

赤とんぼ／アキアカネ・トンボ科アカネ属。逆立ちの骨休め。

The red dragonfly is flowing with a gentle wind.

かまきりや戦《いくさ》に挑む鷹の爪

時流乃葉

晩秋 ／ 今年も裏庭にカマキリの巣３つ、４つあり。カマキリの巣の高さで当年の雪の深さが分かるという。

Mantis is challenging to fighting the Hawk’s claws.

見守られ病院の中生まれ来て
生の終わりにまた訪れり

時流乃葉

多くの現代人は病院で誕生と臨終を迎えるようになった。しかし多くの人は家で最後を迎えたいと言う。

I was born in the hospital and at the end of my life I am visiting the hospital again.

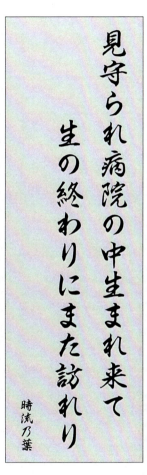

木曽山の霧立つ秋の静けさや

時流乃葉

桃岡西山のカラマツ／カラマツ科。落葉針葉樹。螺旋状繊維のため、割れや狂いが出る。建築、土木用材

Autumn of Kiso mountain's, and foggy tranquility.

冬の野鳥／裏庭の柿木に止まるヒヨドリ

冬の原われと小鳥の待つ春や

時流乃葉

In the winter fields, wild birds are waiting for spring.

And I am also waiting for spring to come.

藤村の「木曽路」も寂びし初紅葉

時流乃葉

中津川市馬籠宿／文豪島崎藤村の「是よ里北木曽路」の墨書碑

Where Touson (Writer’s name) was born “Kiso Road”, lonely is the beginning of autumn.

豆の芽や息の音立ちぬ土の下

時流乃葉

サヤエンドウの発芽。ポーンと弾く芽の音が聞こえる。

The Sound of the bean bud breathing, I feel under the soil.

春や来い夏や来い恋想う冬

時流乃葉

ネコヤナギ／ヤナギ科落葉低木。ネコ＝猫の尾。樹液はカブトムシをはじめ昆虫の好物。

Come Spring, Come Summer. But I miss it now the winter.

諏訪湖御神渡り／寒暖差によって氷が収縮し出現する神の神秘。

厳寒の縄文の神威光増し
建《たけ》御《み》名《な》方《かた》の渡りたる跡

時流乃葉

During the most severe winter, Takeminakata (The name of the god of Japan), the God of Jomon-period (Japan's era name), shows the power of God and leaves marks on the ice.

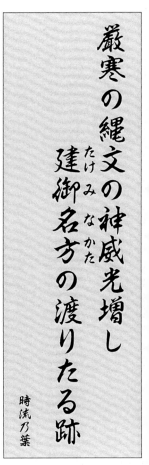

盆に亡き両親を迎えまた送る白百合の香り。

送りつつ現世《このよ》の別離《わかれ》父母《ちちはは》と
送られ死出の野辺の百合の香

時流乃葉

Separated in this world, my parents go to the other world. They are sent to a journey to death, and the lilies of the fields bloomed fragnant on the road.

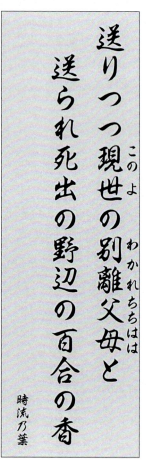

木曽川のゴロタに混じる
野ツツジや

時流乃葉

木曽川沿岸の野ツツジ（岩ツツジ）
ゴロタはゴロタ石のこと（玉石。川石ともいう）

“Azalea of the field” grows between the rocks and stones of the Kiso river (The name of the river).

生まれ来て生死輪廻の彼岸花

時流乃葉

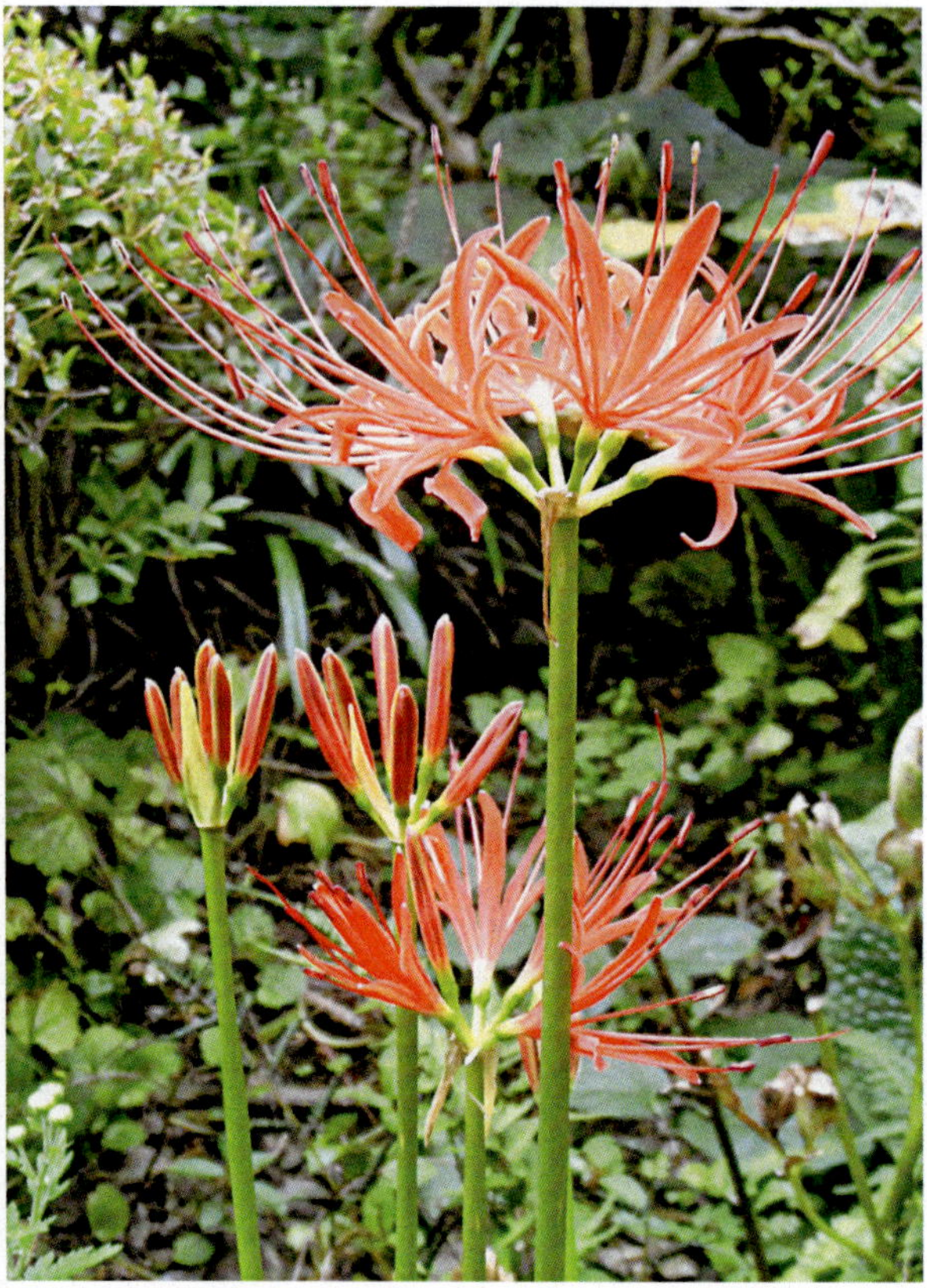

彼岸花／ヒガンバナ科（リコリス、曼珠沙華・ユリ科）。全草有毒、救飢植物

I will be born and repeat life and death. The symbol is Higanbana (cluster amaryllis).

車椅子福祉車に乗せる介護士の
垂れ髪に触れ母の如くに

時流乃葉

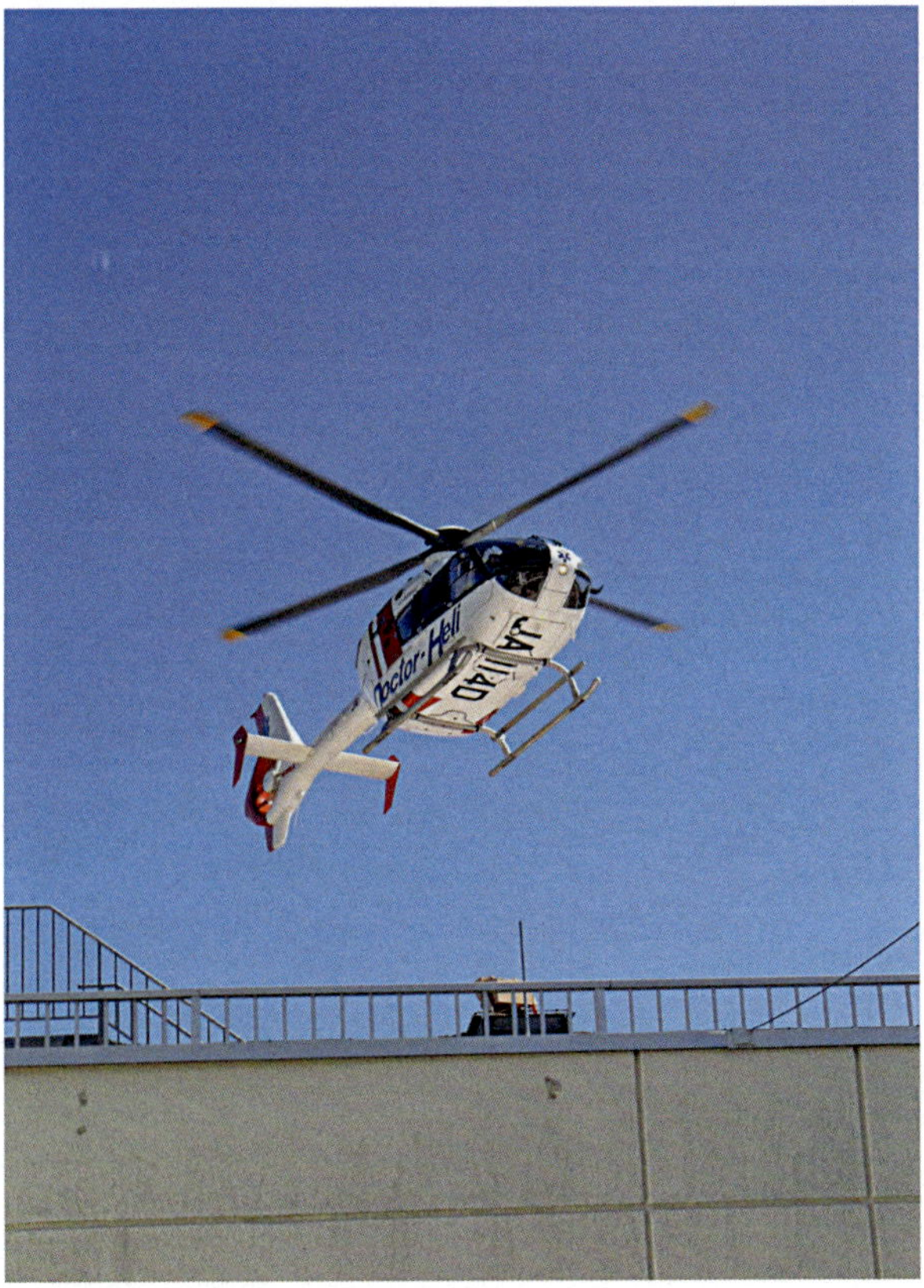

松本市／救急指定病院の屋上からドクターヘリの離着陸。

The caregiver took the old woman with the wheelchair in a Nursing car (well-equipped vehicle), and he made it by touching her hair like grandmother's hair.

林鉄や過去に栄えし残響の
紅葉谷越ゆ赤き鉄橋

時流乃葉

木曽郡大桑村野尻／木曽川横断の森林鉄道の残骸（鉄道路線の保護）

It seems that the sound of a whistle and a wheel reverberate when the forest railroad prospers. A red iron bridge hangs in the valley of the autumn leaves.

風の波乗りて旅する綿帽子

時流乃葉

セイヨウタンポポの綿毛／キク科タンポポ属。
葉、根薬用。茶・コーヒー・ゴム

Cotton hat (Dandelions spores) will take a journey with the waves of the wind.

木曽町日義／旗揚げの地。朝日将軍木曽義仲と巴御前の像

古の木曽の義仲世に出でて
夢はかなくも露と消えなん

時流乃葉

In the past, Yoshinaka (Samurai's name) who was in Kiso, had a name in the world, but dream turned into an illusion and disappeared like morning dew.

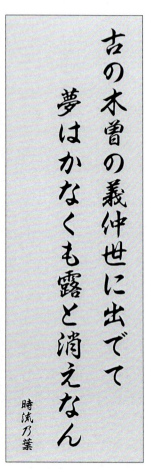

薄の穂月影揺れて寂しさの
悦び一つ松虫の声

時流乃葉

木曽谷／木曽は山間に川と沢が流れ河岸段丘や扇状地に家や田畑が存在する。空は狭いが澄んでいて、人工の光源が無いので月夜や星座が美しい。

The susuki flowers are lonely and shaking in the moonlight, but one pleasure has come since the sound of the matsumushi (insect name) is heard.

夏草や木曽馬駆ける童らの

時流乃葉

木曽町開田高原／木曽馬の里（1983年木曽馬を天然記念物に指定）

A blue summer grass is eaten by Kiso horses (species of horse) and played with by children.

山清水冷やこき流れ足に染み

時流乃葉

木曽町野中上中／夏の入ノ沢

The cold water of the mountains is pleasant to the foot.

見過ごせや夕に雷雨の鬼来たり

時流乃葉

木曽谷の夏の日に雷神来たり。

I spent time seeing the demon of thunderstorms that comes in the evening. Please miss it.

幻や人の浮世は蓮の露

時流乃葉

上野不忍ノ池／紅蓮

The world with the ups and downs of people is an illusion and it seems to be the dew on the lotus.

漆黒の笙《しょう》之《の》窟《いわや》に苔茵《こけしとね》
深き虚空の星の流るゝ

時流乃葉

世界文化遺産・紀伊山地の霊場と参詣道／大峰奥駈道第六十二靡笙ノ窟

I sleep on the moss bed in the deep black Shoo caves (Cave’s name). A star shoots across the dark deep sky.

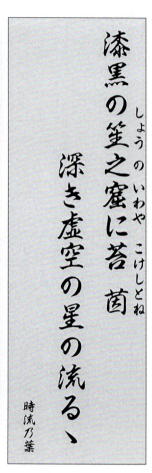

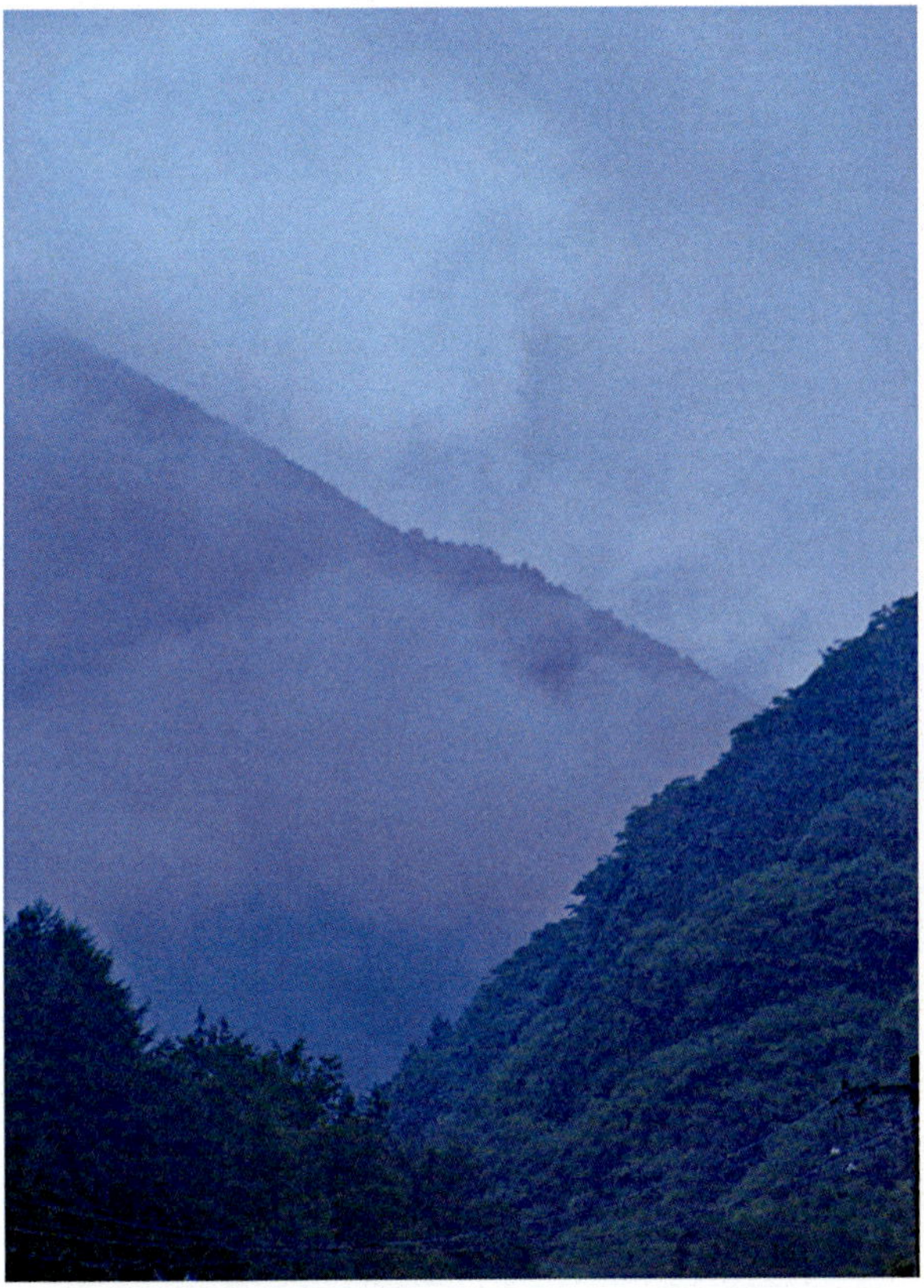

木曽谷に雉が舞い降り、ケーンと鳴く朝靄の時がある。路上に野猿の親子。沿道に日本鹿、畑にカモシカが見られる。時には、猟師による猪や熊の肉を口にすることが出来る。

朝靄にときには雉も鳴きにけり

時流乃葉

In the morning, when the mountain is covered with mist, you can hear the peasant's voice.

清流に乗る笹舟を想う。

笹舟や悲しきことを山と載せ
水の運びて心清めん

時流乃葉

Stack what is sad on the bamboo boat and when it flows in the water, your heart will be cleansed.

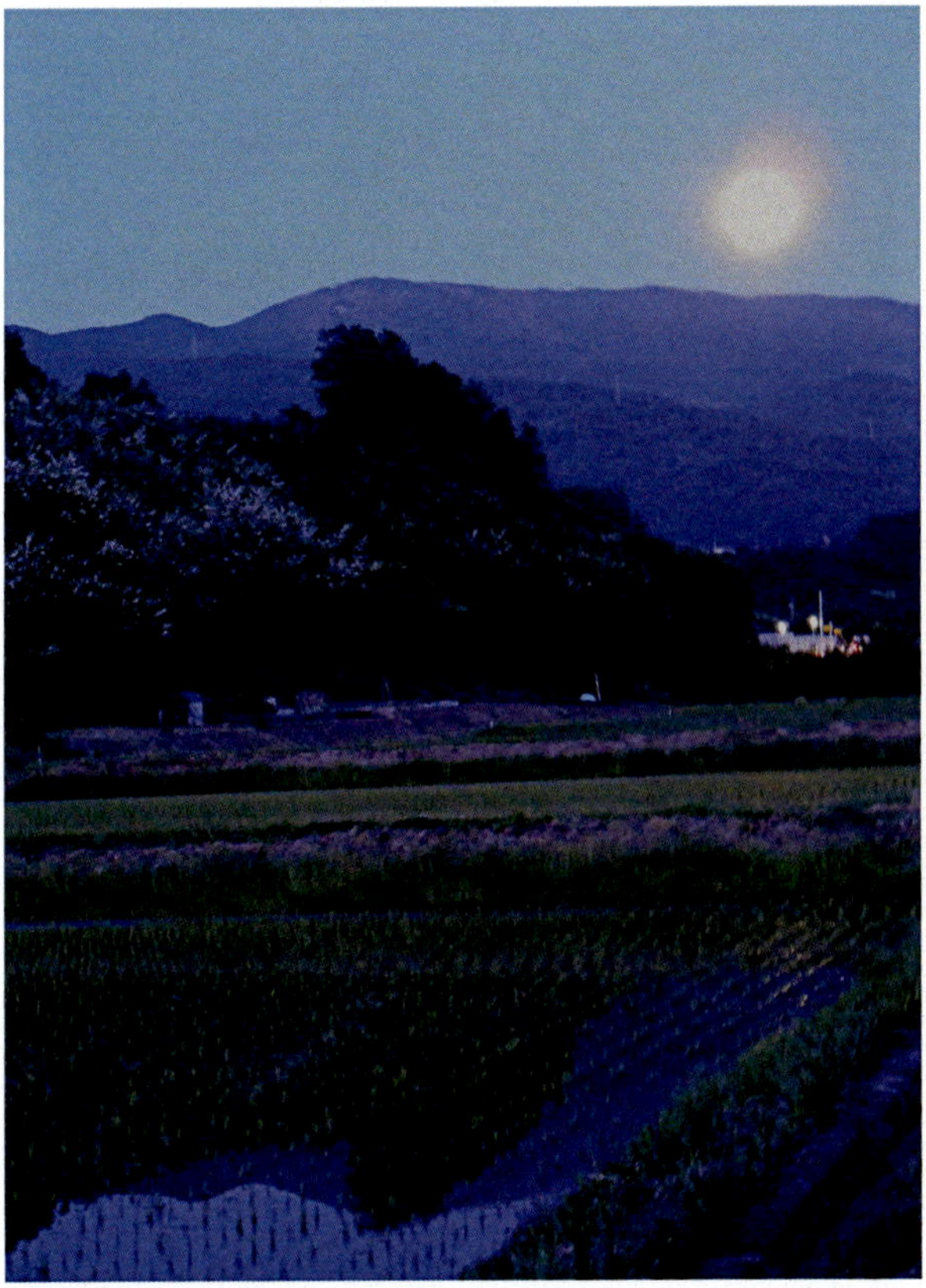

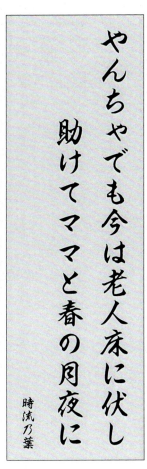

やんちゃでも今は老人床に伏し
助けてママと春の月夜に

時流乃葉

松本市山間部の夕暮れ／病院のナースコールも出来ない老人。

It is the moonlight of spring. Even the old man who was desolate in the hospital, now is saying “Help me, mom”.

木曽町三岳白川の垂氷（氷柱群）／最大幅約250m×高さ約50mに達し、氷の色は透き通ったスカイブルー。

白川の氷柱群とは垂氷《たるひ》かな
御嶽伏流青龍の爪

時流乃葉

The group of ice pillars of Shirakawa in the Ontake mountain is like a blue dragon’s claw.

木曽山の朝日木漏れる蔦葛《つたかずら》
霧の増したる深き渓谷
時流乃葉

贄川 ／ 桃岡大久保の朝霧掛かる木立

The morning sun shines in the vine (Plant rope) in Kiso mountain, and the valley is deeply foggy.

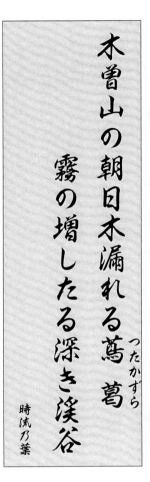

木曽郡大桑村万場／紅梅

梅香の春告げ鳥やさえずりぬ

時流乃葉

In the scent of the twigs, plum the birds sing and tell that the spring are singing.

病床のこころは外の春風や

時流乃葉

入院で不自由をしていても、春風と共に心は空を駆け巡る。

I lying on the bed my heart is with the outside spring breeze.

苦労して採りたる松茸子に取られ

時流乃葉

食／マツタケ（カエデと栗はアレンジ）

Although I struggled with picking mushrooms called matsutake, children ate easily.

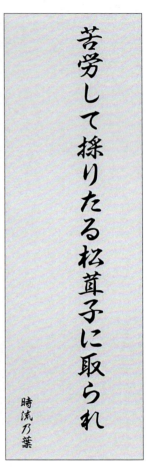

仏法の遠きにあらず我が胸に
聞こえし法螺《ほら》音《ね》法《のり》の梵声《ぼんしょう》

時流乃葉

吉野熊野国立公園特別地域／大峰前鬼山不動七重ノ滝

Buddhism is in my heart not far away. The sound heard from the horagai (it is a crustacean instrument and used for training Buddhism) is the voice of Dainichi Nyorai.

終わりに

これまでの多くの歌集（短歌・俳句など）を見る中、文字のみの歌の表現が、ある意味においてつまらなさを感じるものでもありました。しかしそれは、私に想像力が欠けているからだと思います。

今までに、どんな本を読むに当たりましても、文字の羅列の中に挿絵や写真が有れば、もう少しの間集中して読むことが出来ました。子供の絵本を見てください。私などは文字嫌いのため視覚から多くのことを読み取ろうとしますが、好奇心旺盛な子供たちに於いても、文字の意味するところよりも絵や写真からの情報を重要視します。

この様なことから、本書は、文字からも写真からも読まれる方の想像性の広がりに期待して作らせていただきました。

「木曽」と言えば、一九七九（昭和五十四）年に有史以来初の噴火、更に多くの犠牲者を出すことになりました二〇一四（平成二十六）年水蒸気大爆発により、「御嶽山」の崇高さと畏怖を再び感じたものであります。

一九七九年の噴火以後は、「死火山」「休火山」などの言葉は死語となり、全国に改めて「木曽」の名称と火山を持つ山間地として、その存在が再び知られるようになった事も事実であります。

木曽はそれだけではありません。大昔から飛騨と木曽の県境では降雨多湿の地であり、沢山の巨木が育まれて来た湿潤な地形でもあります。それら巨木の中、ヒノキなど木曽五木の木々は伊勢神宮造営や江戸城増築などの材料として関わり、優れた資源を有した場所でもあります。

また、明治の近代からは木曽川の豊かな水量と急勾配を利用した資源とし、水力発電から得られます電力エネルギーは、下流域の名古屋などの中京工業地帯に提供されており国土の発展に役立って来ております。

更に、木曽には江戸時代の昔から「木曽八景」なる名勝地や景勝地があり、古来名画にも讃えられ歌にも写真にも良いところであります。そればかりではなく産地、産物、食文化に至っては独自の発展性を維持して来た民俗性もあるところであります。

そして、二〇一六（平成二十八）年四月には、木曽を歴史的経緯や、地域の風土に根ざした伝承と風習が受け継がれているストーリーがある地域として、県下初、木曽路を『日本遺産（Japan Heritage）』に認定されましたことは最近のことであります。

更に県下を見るならば、およそ一万四千年に及ぶ縄文時代の八ヶ岳周辺の文化地域と共に「日本遺産認定」を誇らしく思っております。

今回の「フォト句歌集」では、山間部の風景や生活模様の一端のみで、愚作の歌と一人での行動力の無力さを感じざるを得ませんが、どうにか形になりましたことは至高の喜びであり、今後の創作への励みとなるところでもあります。

この「フォト句歌集」を目にし、読まれた方々の、お一人おひとりに厚く御礼を申し上げますと共に、今後とも御教示の程を宜しくお願い申し上げます。

また、思い返せば私が中学生の頃、母親がパートタイマーによる蓄えで、高価なカメラを買って持たせてくれました。そのカメラで初めて撮ったのは、石灰場の土手穴で見つけた鍾乳石です。今ではそんな、亡き母に心から感謝し写真に歌を添えて贈らせていただきたいと思います。

なお、最後になりましたが英文に関しましては、新知でありますシャイニー・ダッタ氏（Miss Sayantani Datta）による手解きを受けましたが、基の言葉は日本語ですので意味の適さない英文とならざるを得ません。兎に角ご協力に感謝しここに厚く御礼申し上げますと共に、ブッダの国から来られました若き星に今後を期待しエールを送ります。

二〇一八（平成三十）年九月　中秋

信州木曽谷山中自宅にて

坂本覺雅　記

著者略歴

坂本　覺雅（さかもと　かくが）

旧名　利幸

昭和33（1958）年　長野県木曽郡楢川村贄川に生まれる。
平成の大合併により、現在は長野県塩尻市大字贄川となる。

昭和54年３月　高野山大学別科卒業。

昭和52年６月　真言宗得度。

昭和54年４月　一尊法修法。

昭和55年６月　中院流印信許。10月伝法灌頂職位。両部大法印可。

11月　高野山真言宗権中僧都。

昭和57年４月　金剛峰寺奥之院行法師にて大師御廟生身供再興。
度々、高野三山、熊野、大峰徒藪。

昭和54、58、59年　（弘法大師御入定千百五十年忌）四国遍路徒歩三度成満。

昭和60年10月　大峰笙之窟秋籠り（平成元年冬籠り）。

昭和61年12月　醍醐寺三宝院流印信許。伝法灌頂阿闍梨位。
両部灌頂大法師位印信。昭和62年3月真言宗醍醐派中僧都。
その後帰郷、家業の建設業を自営し現在に至る。

平成19（2007）年６月　「地籍歴史文化研究（贄川宿と押米村）」を発足。

平成26年６月　桃岡津島社に献詠歌碑（三首）を建立。
号を「時流乃葉」と称す。

著書　『四国遍路行記覚書　大師と共に』『中山道第三十三次　贄川宿と押米村』
（ともに、ほおずき書籍）

花鳥風月　木曽谷に生きて　フォト句歌集

二〇一九年九月十四日　第1刷発行

著　者　坂本覺雅

発行者　木戸ひろし
発行所　ほおずき書籍㈱
〒381-0012　長野県長野市柳原二一三三-五
電話　〇二六-二四四-〇二三五
発売元　㈱星雲社
〒112-0012　東京都文京区水道一-三-三〇
電話　〇三-三八六八-三二七五

ISBN978-4-434-26449-8